Andrea Beck

Bonne nuit, Canada!

Texte français d'Isabelle Montagnier

Éditions
SCHOLASTIC

Les illustrations de ce livre ont été réalisées aux crayons de couleur et à la peinture sur du papier coloré.

Catalogage avant publication de Bibliothèque et Archives Canada

Beck, Andrea, 1956-
[Goodnight, Canada. Français]
Bonne nuit, Canada / Andrea Beck ; texte français
d'Isabelle Montagnier

Traduction de: Goodnight, Canada.
ISBN 978-1-4431-0783-9

I. Montagnier, Isabelle. II. Titre.

III. Titre: Goodnight, Canada. Français

PS8553.E2948G6614 2012   jC813.54   C2012-901663-2

Édition publiée par les Éditions Scholastic,
604, rue King Ouest, Toronto (Ontario) M5V 1E1.

6 5 4 3 2 1   Imprimé en Malaisie 46   12 13 14 15 16

Pour toi, où que tu sois.
— A. B.

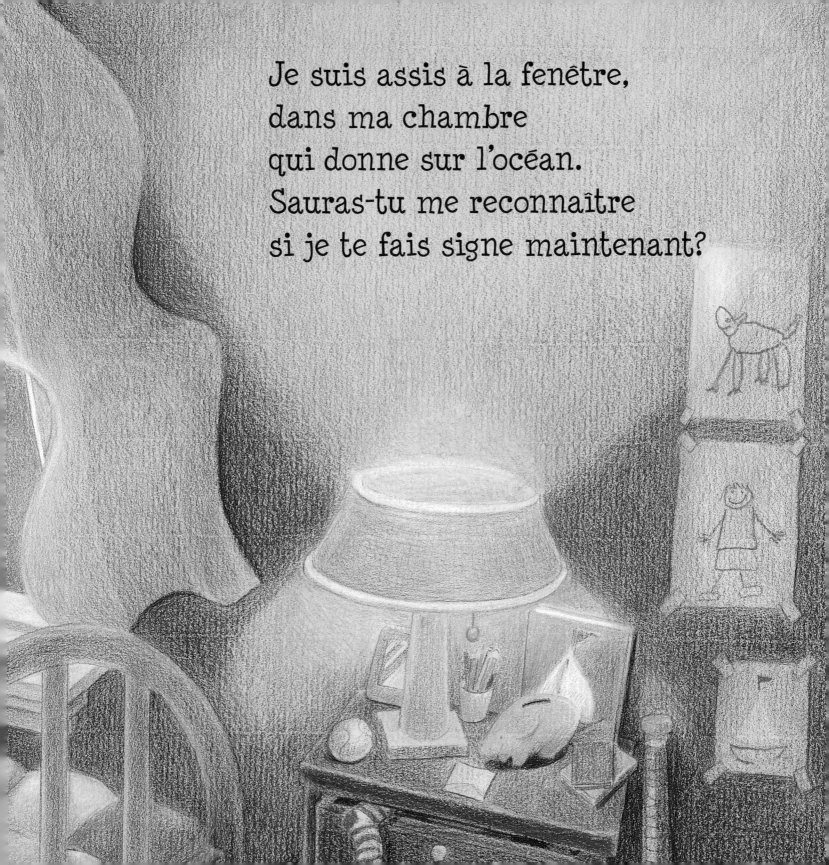

Je suis assis à la fenêtre,
dans ma chambre
qui donne sur l'océan.
Sauras-tu me reconnaître
si je te fais signe maintenant?

Dis-moi donc ce que tu fais
et à quel endroit tu es.
Si toi aussi tu vas au lit,
alors bonne nuit
à toi, à moi
et à tout le Canada.

Par cette nuit étoilée magnifique,
d'est en ouest, nous allons voyager.
De l'Atlantique jusqu'au Pacifique,
que de provinces à traverser!
Nous visiterons aussi les trois territoires du nord
aux si belles aurores, en suivant le voile de la nuit!

ALORS...
Terre-Neuve-et-Labrador,
bonne nuit.

Nouvelle-Écosse, bonne nuit.

Île-du-Prince-
Édouard,
bonne nuit.

Nouveau-Brunswick, bonne nuit.

Québec, bonne nuit.

Ontario, bonne nuit.

Manitoba, bonne nuit.

Saskatchewan, bonne nuit.

Alberta, bonne nuit.

Colombie-Britannique, bonne nuit.

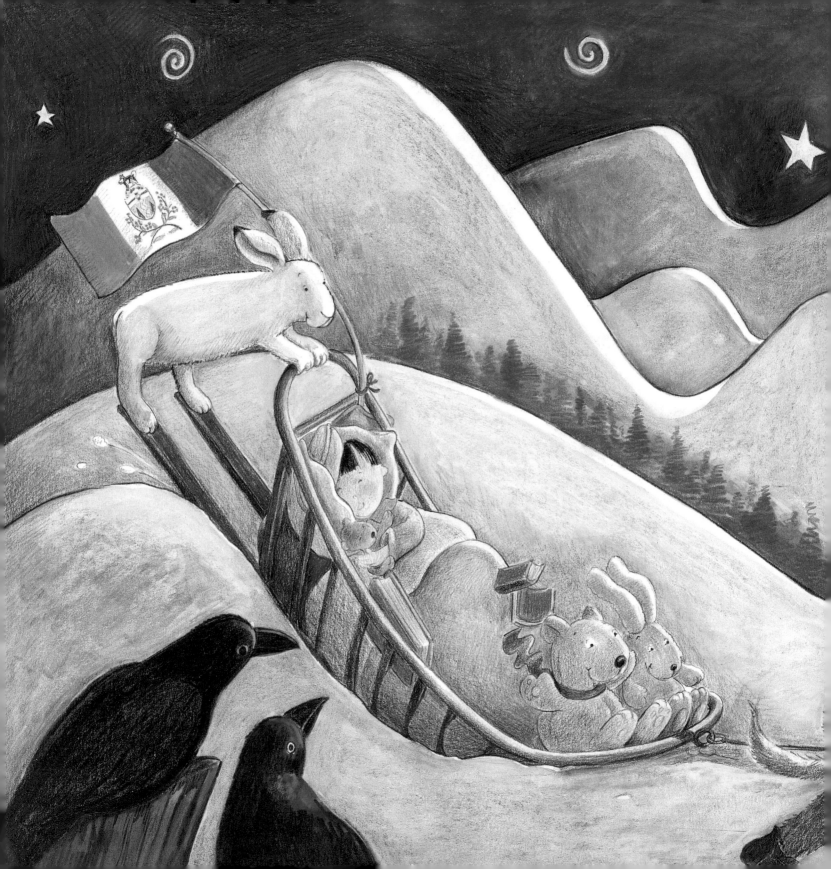

Et bonne nuit Yukon, à toi aussi.

Bonne nuit Territoires
du Nord-Ouest.

Bonne nuit
Nunavut.

Bonne nuit
au pays que j'aime.